소리가 있다

문학과의식
Literature & Consciousness Since 1988

시선집
146

이정숙 시집

소리가 있다

문학의식사

첫 시집을 낼 준비를 하니 문학의 길로 들어서던 때가 생각납니다.

오년 전 동네 게시판에 붙여 놓은 '용인 향교 문학반 개강'이라는 글을 보고 찾아간 것이 계기가 되어 여러 시인 선생님들과 함께 시 공부를 하게 되었습니다. 일주일에 한 번 모여서 시를 쓰고 발표하면서 모은 시로 시집을 출간하려니 감회가 새롭습니다. 부족하더라도 서두르지 않고 최선을 다해 시를 배우고 쓰는 동안 나의 삶을 돌아보고 반성하는 계기가 된 것도 큰 기쁨입니다.

시를 국어사전에서 살펴보니 '정서나 사상 따위를 운율을 지닌 함축적 언어로 표현한 문학의 한 갈래'라고 되어 있었습니다. 나는 시를 쓸 때 생활 경험, 공감, 운율 이 세 가지를 바탕에 두고 고민하였습니다.

겪어 보지도 않고 공감하지도 않은 일을 그저 아름다운 말만 늘어놓고 싶지 않았고 그래서 내 시를 읽는 사람들 느낌을 공유할 수 있는 글감을 찾으려 노력했습니다. 하지만 시는 쓸수록 어렵다는 것을 새삼 느낍니다. 아직 여물지 못하고 부족한 글들을 모아 시집을 내려고 하니 부끄러움이 앞섭니다. 하지만 첫 발을 내디디는 용기를 앞세워 더 고민하고 더 좋은 시를 쓰는 발판으로 삼으려 합니다.

온 세상이 눈으로만 덮여 있을 때는 지금의 꽃 세상을 떠올리기가 쉽지 않았습니다. 일 년 중에서 밤이 가장 긴 동지가 희망을 향한 첫 걸음이라고 배웠습니다. 어렵고 힘겹게 내디딘 작은 발걸음, 세상에 내놓기 부끄럽지만 작은 소리에 귀 기울인 저의 마음이라고 읽어주시면 고맙겠습니다.

끝으로 나의 시 공부에 많은 도움주신 용인 향교 문학회와 용인 문협 회원님들께 감사드립니다. 특히 시의 길로 이끌어 주시고 항상 지켜봐 주시는 김태호 선생님과 시집 출간을 위해 많은 도움을 주신 김선주 선생님, 안혜숙 선생님께 마음 깊이 감사드립니다.

이정숙

| 차례 |

3부 어제 내린 봄비는 희망이다

4부 소리가 있다

해설

1부

빨래를 개다

빨래를 개다

하얀
뽀얗게 기분 좋은 수건들
예쁜 울 꼬맹이 자그마한 옷
하루치의 삶의 무게가 배어 있는
벗어낸 아들의 검은 색 작업복
예쁜 사랑 가득 담아
빨래를 갠다

빌트인 작은 세탁기는
매일 두 번 내 사랑을 담아 낸다
흰 빨래 검은 빨래 나누어
하루 노력의 찌꺼기를 씻어 낸다
서로 엉켜들면서
내 잘못 네 잘못 같이 토해 내어
함께 섞어 헹구어진다

그런 다음
이제 빨래는

서로의 감정의 찌꺼기까지
빨래건조대에서 공기중으로 흩어 버린다

모두가 힘든
코로나 시대
어쩌다 여섯 식구
직장 폐쇄로 돌아온 큰아들 가족
취준생 둘째
퇴직한 우리 부부
한 집에서 서로 보듬어서 다독여 가며
일년을 버텨 오고

이제 빨래를 개는 내 손은
여섯 무더기 차곡차곡 정리하면서
골고루 사랑 나누어 속삭여준다
모두 사랑한다고.

나의 도전

오래토록 간직해 온 꿈
시詩를 쓰고 싶다는
그 마음 안고 찾아간
향교 문학반

하얀 서리 덮인 머리
세월의 목도리 두른
모두가 시인
멋진 시인들

지나온 삶의 길 되돌아보며
성찰의 시간을 더듬는 그들
그런 모습으로
세월의 외피를 두르는
내 모습을 그려 본다

때로는 아름다움을
때로는 꾸짖음을

때로는 안타까움을 그리다가
또 반성하는

아, 또 하나
복잡한 머릿속 털털 털어서
새의 깃털처럼 가벼워지고 싶다.

만남의 즐거움

오십 줄에 올라 앉아
주름살은 늘지만
차근차근 늘어나는
재미나는 만남들

어린 추억 떠오르는
소꿉친구 모임
젊은 날 기억들 새록새록
직장 친구 모임
생활의 지혜 쌓이는
동네 친구 모임

소외되고 외로움 타는 나이에
살아 가는 힘을 주는
이런 저런 모임들

수다 한 다발
봉사 한 다발

그러면
웃음꽃 한 다발.

맥가이버 아저씨

유난히도 무덥다는 올 여름
쓰는 만큼 내려가는 전기차단기
어딘가에 또 문제가 생겼나 보다

전기 배선
말만 들어도 숨어드는 내 남편
이 일을 어찌할거나

뚝딱뚝딱
작은 연장 몇 개 들고
고장난 곳 고치는
맥가이버 아저씨
부럽기만 하네요.

의자

나의 무거움을 받치고 있는 너
말없이 불평없이
내 인생의 무게까지
지탱하고 있는 너

좀 무거우면 빼고 앉아.
조금 가벼우면 보태어도 돼
서 있기 버거울 땐 언제라도

그냥 그대로 앉으면 돼
그렇게
세상의 무게를 품어주는 의자.

운동장

동심의 꽃무더기
군데군데 피었네

고무줄 뛰는 꽃
공놀이하는 꽃
모래놀이하는 꽃
미끄럼틀 타는 꽃

꽃무더기 어우러진
운동장은
싱그러운 아이들의 세상.

삶

봄꽃이 화창한 오늘
돌아가심과 탄생 소식이
함께 톡으로 날아온다

세월이 굴리는 자연스러움인데
누군가는 슬퍼하고 누군가는 기뻐한다

생각해 보면 나도
기쁨과 슬픔을 많이 겪어 온 세월이었네

그대들이여
영원한 삶은 없다네

지는 꽃과 피는 꽃 살펴 가며
남아 있는 세월을 살아가요.

곡선 인생

언젠가부터
직선이 되고 싶었다
한 점 흐트러짐 없이
앞으로 앞으로만 내닫는 길
내달리는 그 길이 꽃길이면 더 좋았네

오르락내리락 지나온 내 인생길
잠시 숨 멈추고 돌아본 길
구부러지고 찌그러진 선
기쁘고 슬프고 아쉽고도 뿌듯한
흙과 자갈 엉켜 붙은 꾸불꾸불한 길
둘러친 울타리를 걷듯이 한 바퀴 돌았는데
돌아보니 아직 그 자리

산다는 것은
울퉁불퉁 거친 그 길을
달래고 어르면서 가는 거라는 걸 아는 지금은

새털구름만큼 가벼워진 걸음으로
다시 길을 나선다.

요가 수업

탄탄하고 늘씬한 젊은 선생님 따라
움직이는 팔다리가 어눌하다
살아온 세월만큼 몸매가 망가진
어르신들의 몸놀림

몸은 내가 살아온 거울
비뚤어진 자세 바로잡고자
아침 요가반에서 나도
스트레칭에 열심이네

많이 사용한 무릎 근육
사용이 뜸했던 등 근육
거북목이 된 목 근육을
제대로 사용하는 법을 알려주는
요가 수업은 내 몸 사용 설명서.

시간과 나

어제의 나를 기억하고
오늘은 나를 따라 다니고
내일은 나를 기다리고 있다

살아 있는 것은
늘 새롭게 시작할 수 있다고
기다려 주는 고마운 시간.

선풍기

누를 때마다 너는
뜨거운 내 몸을 식혀주는구나
참 고맙다

다섯 개의 날개가
참으로 열심히 돌아가는구나
마치 내 어린 날의 부모님처럼

지나온 세월
앞으로만, 앞으로만 달려 온 세월
마치 선풍기처럼

그래
이젠 좀 천천히 돌아도 되겠지
조금 천천히 돌아도 될 때가 되었겠지
앞으로만 가지 말고 옆도 돌아보면서
조금은
천천히 가겠다는 생각을 해 본다.

훔쳐온 수건

우리 동네 사우나엔 '훔쳐 온 수건'이 있어
좋은 자리에 손님도 많아 돈도 잘 번다는
그 사우나에 어울리지 않는
'훔쳐 온 수건'

사람들이 하도 훔쳐 가서 새겼다는 '훔쳐 온 수건'
그걸 볼 때 마다 찔릴 테니 '훔쳐갈 수 없는 수건'

나는 오늘도 '훔쳐 온 수건'으로 등을 민다
등에 닿은 느낌이 '훔쳐 온 수건'이라 불편하다

'훔쳐 온 수건'이
'그대 마음을 훔쳐 온 수건'이 되길 바래
그래서 우리 모두 마음을 주고 받길 바래
그런 사우나에서 내 마음을 훔쳐 가는
누굴 만나고 싶어.

세상 이야기

연못에 작은 돌 하나 던지니
퐁당
작은 파문 여러 개 원을 그리고

큰 돌 하나 또 던지니
풍덩
큰 파문 여러 개 멀리 퍼지네

내가 사는 작은 세상 이야기
소곤소곤
정답게 오골오골

나라와 세계 큰 세상 이야기
시끌시끌
날마다 마음을 어지럽히네

사람 사는 세상은

좋은 일, 궂은 일 그칠 줄 모른다
좋은 일들이 많기를 바랄 뿐.

나의 관상 觀相

양치질하고 들여다보는
거울 속의 하얀 잇속
틈새가 점점 벌어지고 있다
이는 오복의 하나라는데
복이 새고 있는 걸까

세수하고 마주하는
거울 속의 맨얼굴
거무스름 주름도 늘고
팔자 센 낯선 여자 같네

설거지 후 크림 바르고
자세히 살펴 본 손
푸른 핏줄과 잡티가 어지럽다
초년 고생 탓일까

아니야
관상 중에 으뜸은 심상이라는데

일희일비 마음 써 무엇하리

그래
산자락 돌아가는 강물처럼 살아야지
부드럽고 너그럽게
마음 드러내고 살아야지.

혼자만의 시간

생각은 뭉텅뭉텅
동그라미로
민들레 꽃씨되어
멀리 날아간다

호두밭에 날아가서는
노후 설계로 미소 띄우고

자식들에게 날아가서는
도와주고픈 안타까운 마음

오만가지 생각이 가지를 뻗는다
혼자서 즐기는 시간
어디로든 날아가는 나만의 시간.

팽이

중심을 향해 쉬지 않고 돌아가네
비틀비틀 이리저리 흔들리다가
매를 치지 않으면 쓰러지고 말지

젊은 날
팽이처럼 열심히도 돌았네
공부에, 일에 지쳤을 때
쓰러지지 않기 위해
중심을 잡고 일어섰지
매를 치는 손길 없어도
가족의 응원에 힘을 얻고
중심을 잡고 혼자서 돌았지

중심을 잡아 돌아가는 세상
혼자서는 돌지 못해도
사람들은 스스로 매질하며
어지러운 세상을 굴려 간다네.

바리스타

날마다 오전 10시
나만을 위한 바리스타가 된다

아무도 없는 거실이
온전히 내 것이 되어
따뜻한 커피 한 잔을 마신다

온 집안 가득
부드러운 커피 향 퍼지면
전망 좋은 카페에 앉은 느낌

여유 한 잔
아, 행복해라
누구도 부럽지 않아

나를 돌아보는 소중한 시간
바리스타 자격증 따길 잘했어

작은 행복 속에서 미소 짓는
오늘의 나.

윤리의 역설

옛날
힘 가진 자들이 만들었다
그들은 지키지 않았고
아랫것들에게는 지키라고 강요했다

오늘날
주인의식을 가지라고 말하지만
주인들은 가질 생각이 없는 그것
직원들에게만 강요한다

윤리
참사람의 세상이 오면
사라져 버리면 좋을 그것.

채움과 비움

직접 가꾼 배추로 담근 작년 김장 김치
온갖 양념 넣어 배불뚝이가 되었네
지금은 여름, 묵은지 쌈 먹고 싶어
양념 털어내어 꼭 짜니 한 주먹보다 작네

묵은지 쌈 먹으면서 깨달았네
양념 없는 묵은지도 아주 맛나다는 걸
우리 집 살림살이 다시 돌아보았네
욕심껏 사들인 넘치는
부엌기구, 전자제품, 옷가지들
잔뜩 안고 있으니 머리가 무거울 수밖에

비울 때가 된 것 같아 하나하나 챙겨보니
미련이 남아 또 못 버리네
언제나 비워 질려나 이놈의 욕심,
오늘도 비우지 못하고 하루가 지나네.

살아가는 법

힘 빼세요
간호사가 주사 놓을 때
꼭 말하네요

힘 빼세요
운동 시작할 때
어깨에 힘이 들어가면
자세가 망가진다고 듣는 말

살 가는 데도 힘을 빼야 하지
힘을 많이 주면 스트레스가 되니까
일도 사랑도 유연하게

힘을 빼는 최고의 방법
그냥 웃고 말지요.

2부

송아지와 나

아픈 손가락

누구나 맘 속에
아픈 손가락 있어
속으로만 끙끙 앓고 있어요
나도 그래요

덜 아픈 통증도
더 아픈 통증도
남들은 알 수 없어요
오직 나만 이겨내는 고통이에요

정작 아픈 손가락은
내 가슴이 이렇게 타는 줄 몰라요
그래서 더 애가 타는 통증이지요

훌훌 털고 싶은 아픔이지만
씩씩하게 잊고 살고 싶지만
홀로 서야 하는 내 아픈 손가락은
오늘도 여전히 통증으로 다가와요

세월이 가면
오늘의 통증을
즐겁게 이야기하며
다 나은 흉터를
편안히 얘기할 수 있었으면.

그리움

싱싱하고 맛좋은
제철 과일
상자 째로 살 때면
떠오르는 엄마

다섯 자식에게
과일 한 개씩도
나눠줄 수 없는
늘 쪼들리는 살림
엄마는 맛도 못 보셨을 거야

홍시만 보면
엄마가 생각난다는 노래
제철 과일만 보면
떠오르는 엄마
늘 미안해하시고
조용하시고
작은 몸피로 늘 부지런하셨지

이제 저 세상 가신 지 이십여 년
결실의 계절 이 가을에
엄마께 듬뿍 보내고 싶어요
그럴수록
더욱 그리워지는
울 엄마.

욕심

내려놓자고
또 낮아지자고
늘 되뇌지만

맘 따로
몸 따로
여전히 나는 속물

좀 더 벌었으면…
울 아들 잘 됐으면……
안 아프고 오래오래 잘 살았으면……

그러나 인생이
어디 생각대로만 되는 것이던가
오늘도
불쑥불쑥 커지는 욕심을
제발

물처럼 낮은 곳으로 조용히 흐르자며
다독여 본다.

채소 다듬기

채소 반찬을 좋아하는
나의 가족들
오늘도 고구마 줄기의 껍질을 벗기는 나

붉은 색 껍질을
길게 훑어 내리면
물기를 뿜어내는
여린 연두색 속살

인내를 갖고
한 단을 다듬을 때
수 만 가지의 흩어진 생각 땜에
어지러운 마음

다듬기가 끝나면
머릿속의 생각들도 정리되고
데치고, 무치고 볶고
반찬으로 다시 태어난 고구마 줄기

맛있게 먹을 가족이 떠올라
미소 지으며
마음은 날아갈 듯 가볍네.

가정 경영

남자와 여자가 만나 가정을 창업했어요
남자는 영업, 여자는 재무
영업으로 번 돈을 아끼고 아껴
열심히 살다 보니 이익이 생겼어요
월세에서 전세로 드디어 내 집 장만
둘이서 창업한 가정이 탄탄해졌어요.
아, 그 사이에 아이라는 계열사를 두 개 가졌네요
계열사는 계속 투자금이 들어가요
한 아이 당 무려 12년간 쏟아 부었어요

30여년 영업하던 남자는 이제 지쳤어요
영업을 포기하니 회사가 점점 어려워져요
빚도 늘어나고 계열사에 투자도 끊었어요
참다못한 여자가 재무담당을 포기하고
영업에 뛰어들었어요
계열사도 영업을 하고 있으나 벌이가 신통치 않네요
이제 남자는 용돈벌이나 하려고
여기저기 알아보고 다녀요

계열사 두 개는 창업에 어려움을 겪나 봐요

이것이 요즘 우리 주변의 사는 모습이어요
그래도 우리는 희망을 잃지 않아요
걱정이 태산이라도 희망을 가져요
조상 대대로 살아왔고 앞으로도 살아갈 거예요.

결혼結婚 이야기

30년 전
한 남자와 한 여자가
부부가 되었다
행복하기만 하자고 약속하고
두 자식을 기르면서
알콩달콩
힘든 세월을 견뎌 나갔다

30년 후
또 한 여자와 한 남자가
부부가 되었다.
잘 살자고 약속하고
웃는 얼굴 감추지 못하며
그들은 눈부셨다

30년 전 부부는
30년 후 새로운 부부에게서
새로운 희망을 보았다

또

30년 후

같은 일의 연속……

세월은 끊임없이

새로운 부부를 이어주고 있다

가족이라는 끈은 오늘도 계속되고 있다.

송아지와 나

초등학교 3학년 때의 일이었어.

작년까지는 집에 머슴이 있어 소를 먹이는 일은 내가 할 일이 아니었지만 집안 형편이 어려워져 머슴도 보내고 어미 소도 팔았어. 그 뒤 어느 날, 코도 뚫지 않은 송아지 한 마리가 우리 집에 왔어.

눈빛이 맑고 순한 솜털이 많은 귀여운 송아지는 큰딸인 내가 돌봐줘야 한다고 아버지께서 말씀하셨어. 비오는 날만 아버지가 풀을 베어서 소를 먹이고 맑은 날은 매일 아침과 오후에 산으로 들로 몰고 나가서 소를 풀어 두고 소먹이를 했어.

나는 외양간에 매인 송아지를 매일 쓰다듬어 주고 빗으로 털을 빗겨주고 등에도 잡아주곤 하며 우린 한 식구가 되었어.

여름 어느 날 아침, 윗집에 사는 친구와 함께 해도 뜨기 전에 송아지를 몰고 뒷산으로 갔어. 친구네 집도 송아지를 산지 얼마 되지 않아 같이 소먹이를 하러 갔어.

코를 뚫지 않은 송아지 두 마리는 힘이 무척 셌어. 이제 실컷 풀을 먹었으니 집에 가자고 아무리 고삐를 끌어 당겨도 송아지는 꿈쩍도 안했어. 송아지와 씨름을 하다가 친구는 벌에 쏘이고 나는 억새풀 잎에 베어 팔에 생채기가 났어.

빨리 집에 가서 밥 먹고 학교에 가야 하는데 우리는 어쩔줄 몰라서 주저앉아 엉엉 울었어.

집에서는 걱정하다가 아버지와 친구 아버지가 오셔서 무사히 해결되었어.

매미소리가 늦여름을 뒤흔드는 어느 날 오후, 학교에서 돌아오니 소에게 코뚜레가 끼워져 있었어.

송아지의 코 주변에는 피가 묻어 있었고 송아지는 힘없이 외양간에 앉아 있는 모습이 많이 불쌍해 보여 꼭 안아 주었어. 이제 어느 정도 자란 송아지에게 아버지께서 코를 뚫어 일소로 부리려고 길들이기가 시작된 것이었어. 소먹이를 가려고 고삐를 풀어서 당기니 아무런 저항 없이 잘 따라 왔어.

이제부터 송아지는 소가 되어 나의 동무가 되었어. 친구들과 소와 함께 산으로 들로 즐거운 소먹이가 시작되었어. 거의 매일 소들은 소끼리 우리는 우리끼리 참 열심히 놀았던 추억이 한아름이었지.

해가 바뀌어 소는 이제 어른 소가 되었어.
아버지와 함께 논일, 밭일, 물건 운반 등 큰 일꾼으로서 당당하게 제 역할을 하며 우리 집 여덟 번째 식구가 되었어. 작았던 몸이 점점 커져서 송아지를 낳고 젖을 먹이고 핥아주며 지극정성 돌보는 것이 꼭 엄마 같았어. 나도 시간이 갈수록 소와 더 친해지고 소도 큰 눈망울을 이리저리 굴리며 나와 자매같이 지내고 싶다는 듯 요령(워낭)을 흔들어댔어.
우리의 소먹이는 일도 계속되었어.

그러나 위기가 찾아왔어. 5학년 때 엄마가 많이 아프셔서 큰 수술을 하셨기에 많은 돈이 필요했던 아버지께서는 소를 팔았어.

내가 학교에 간 사이에 소장수가 와서 우리 소를 몰고 가 버렸어. 이별식도 없이 소와 나는 헤어져 버린 것이었지.

　이제 젖 뗀 어미 닮은 송아지만 남기고 어디로 갔을까 생각하며 울었어.

　송아지는 어미 그리워 울고 나는 그동안 쌓인 정이 그리워 울었어.

　그 때의 그 첫 소를 생각하면 40년이 지난 지금도 가슴 한 켠이 시리고 아리고 속상해. 그리고 꼭 간직하고 있는 어린 날의 아름다운 추억이지.

며느리

일 년 전
꽃샘추위 속 매화 피던 날
가슴으로 품어낸 인연을 붙잡고
그렇게 꽃처럼 나에게 왔다

돋아나는 새싹의 연한 잎을
스치는 바람처럼 피어나는 젊음
보는 것만으로도 입가에 꽃이 핀다

겨자보다 후추보다 매울 거라
겁먹었다고 조잘거리며
고향집 마루 엄마 손잡고 앉은 편안함이
감사하다고 소곤거리는 너

기억조차 가물거리는
내 젊은 날의 사랑을 돌아보게 하는
봄날의 두 젊음이 빚어내는 꾸밈없는 사랑
보고만 있어도 꽃향이 난다

고추보다 당초보다 매운 시집살이는
봄눈 녹인 바람이 데려간 지 오래
수박보다 딸기보다 더 달고 상큼한
나의 집, 너의 집, 우리들의 집
그 집에서 꿈꾸는 우리들의 날.

엄마와 아들

엄마 얼굴보다 더 크고
환한 웃음보다 더 밝은
달이 떠올랐습니다. 추석달이

어여 가! 어여 가!
졸지 말고 조심해서 어여 가!

차문을 닫고
그렇게 매정하게 떠났습니다
집 뒤의 가파른 스무 계단을 힘겹게 올라오신
아흔 노모를 두고 그렇게 떠났었지요

아, 가기 싫다고
엄마랑 함께 있고 싶다고
입에 발린 말이라도 했었더라면
어여 가! 하면서도 행복해 하셨을 걸

집으로 돌아오는 운전길 내내 밟힙니다.

가기 싫다고
일곱 살 어린 아들처럼 어리광은
왜 그리 힘들었는지……

달이 밝습니다. 그때처럼
이젠 어리광 부릴 수 있는데
들어줄 사람, 그 한 사람이 없네요.

탄생 2017
– 2017년 첫 해를 보며

외국 간다는 작은 아들 앞세우고
육십갑자 한 바퀴 돌아온 남편과
갱년기 고집만 남은 내가
새해 첫날 해를 보러 동해로 갔어

자는 둥 마는 둥 알람은 울리고
설깬 잠을 칼바람이 훑고 지나가도
일찌감치 바닷가로 나선 까닭은
새해 첫 날 간절한 첫 소망 있어서였지

어제 보아두었던 해 보기 좋은 곳엔
부지런한 사람들 넘쳐 나 있었고
모래사장에 피워 둔 모닥불 가에
모여 든 사람들의 눈빛엔
그들 모두의 간절한 소망이 담겨 있었네

들끓는 쇳물처럼 울렁이던 바다 위로
잘 익은 복숭아 하나 설핏 내비치나 싶던 순간

'곧 태어날 기쁨아, 건강하게 와라.'
모두의 환호 속에
나만의 간절함을 두손 모아 빌었네

새빨간 풍선처럼 부풀어 오르는
첫 날의 해를 보며
기쁨이가 살아 갈 세상이 좀 더 따뜻하라고
기쁨이로 인해 세상이 좀 더 따뜻해지라고
두 손 가득 소망을 담아 간절한 기원을 드렸네.

*기쁨이 : 새로 태어날 손주의 태명

부모님

한 마리 소처럼
묵묵히 농사일만 하시다 돌아가신 부모님
가끔씩 꿈속에서 보여요
꿈속에서도 늘 일하시는 모습
안타까워요

추석명절이 낼 모레
다들 고향 간다고 들떠 있는데
생전의 부모님과
내가 살던 고향이 그리워져요

내일 밤 꿈속에선
한가위 명절처럼
맛난 것 잔뜩 놓고 때때옷 입고
편안하게 쉬시는 모습
꼬옥 보고 싶어요.

임종 하루 전
– 어머니의 병상에서

성성한 백발
고통도 잊은 듯 표정 없는 작은 얼굴
깊게 몰아쉬는 숨
가지런하던 틀니 나간 자리
광대뼈 도드라져

언젠가는 올 거라고
누구나 겪는 일이라고
마음 다잡았는데
보는 마음 슬픔뿐이네

당신 삶 본받아 살아가렵니다
일상을 같이 나눌 수 있었음에
감사하며 고이 보내 드리렵니다
슬퍼하지 않으렵니다.

언제일지는 알 수 없는 내 미래의 오늘.

공항의 이별
– 외국 가는 아들에게

예정된 일이라 무심할 줄 알았는데
눈물을 보이다니 주책없는 이 어미
생이별은 힘들더구나
앞날 위해 길 떠나는 아들
응원하고 또 응원한다

아들아,
인생길은 고비의 연속이란다
무리 말고 뚜벅뚜벅 바른 길 걸어야 한다
일년 뒤
아기와 함께 웃는 너희 부부를 상상하며
오늘을 알차게 가꾸어라

인천공항 모여드는 수많은 인파
여기서도 저기서도
걸음을 재촉하는 웃음소리
찡하니 가슴에 저며 온다

사랑하는 내 아들
영상통화로 사랑 전하며
하루하루 견뎌내자
성숙해 가는 네 모습 기대하며.

부부

부엉이도 잠들어 버린 한밤중
잠들지 못하여 책을 뒤적거리는데

느닷없이
나는 니가 참 좋다
잠결에 남편이 중얼거린다

풋풋한 시절부터
종종 들었던 말
새삼 내 가슴이 찡 울린다

막걸리 몇 잔에 거나해진 남편은
내 손을 꽉 잡으며
나는 니가 참 좋다
또 중얼거린다

이 사람은 늘

마음속에 나를
따뜻하게 품고 사나 보다.

결혼기념일

- 2019. 1. 5.

광교 신도시 이태리 레스토랑
가게 안은 젊은이들로 힘차게 출렁이는데
머리카락 희끗희끗 중년부부
어울릴 듯 어색한 듯 다정히 앉아있네

소한 추위
겨우내 땔 장작은 하루 낮에 없어지고
동네 어르신들 하하호호 웃음꽃 피었지만
살림밑천 보내기 아쉬워
아버진 끝내 눈물 지으셨네

읍내 조그만 예식장
부부임을 알리고 살아 온 그대와 나
건강 밑천 삼아 두 아들 기르고
서로를 다독일 새 없이 바쁘게 산 34년

파스타와 와인 앞에 놓고
오가는 대화에는 물기가 배어나네

고삐 풀린 망아지
잘 데리고 살아 줘서 고맙다는 그대
아니요
그대는 순한 양이었다고 치켜세웠네

남은 세월도 잘 살아 봅시다
마주 잡은 두 손의 온기 때문일까
올해는
소한 추위도 없이
날씨마저 포근하다.

잔소리

건강검진 받기 위해 저녁부터 굶은 아들
병원 다녀오자마자 라면부터 찾아대네
빈속에는 밥이라고 따끔하게 해대고 보니
배고프면 짜증내는 아들 마음 안 살폈네

여행취미 못 버리고 안달하는 우리남편
차마고도 가고 싶어 은근슬쩍 물어오네
일언지하 거절하며 돈 없다고 쏘아붙여
적게 버는 서민가장 맘 아프게 해드렸네

안해야지 다짐하나 버릇처럼 튀어나와
주변사람 맘 아프게 몇 번이나 하였을꼬
가끔씩은 필요하다 자기위안 해보지만
나쁜 것은 버려야지 오늘부터 하지 말자.

주방에서

수도꼭지만 틀어도 따뜻한 물
설거지가 즐겁다
그릇도 냄비도 뽀송뽀송
겨울이면 더욱 생각나는 엄마

아슴아슴 살아나는 기억
곱은 손 호호 불며 빨래하시던
차가운 물만큼
엄마의 인생도 시려웠으리

지난 설날
찾아 뵌 산소에는
오후의 햇볕이 쏟아지고 있었는데

먼 나라 그 곳에서는
따뜻한 물 펑펑 쓰시면서
따사로운 햇볕 쬐면서
편안히 계시는가요.

고향집

딸 둘 낳은 젊은 아버지
큰집에서 분가하여 집 한 채 지으셨네
엄마는 무척 좋으셨다지요
큰집 아래 아랫집이어요

정다웠던 초가집은
내 나이 열 살 때 기와로 바뀌고
봄이면
처마에 제비 가족 지지배배
일곱 식구 오순도순 꿈을 키웠네

부모님 가신 후
동생의 빚 담보로 없어진 고향집
어쩌다 그 곳
지나다 먼발치에서 보면
윗채 기와집
아랫채 파란 지붕 그대로인데

오십 년을
우리 가족 품어주던 그 집
그 모습 그대로인데
지금은 누가 살고 있을까
아련하게 떠오르는 그리운 내 고향집.

돋보기를 쓰다

침침한 눈 비비다가
돋보기를 찾는다
크고 밝은 세상
눈앞이 환하다

어릴 적
푸른 빛 광채가 나던
초롱초롱한 눈망울은
세월 따라 흐리멍텅
뿌연 게 안개 속 같다

가방에, 거실에, 화장대 앞
집안 곳곳에 놓아 둔 돋보기는
친구 된지 이제 여러 해

엄마는 마흔 즈음에
눈이 어둡다고 말씀하셨다
그 흔한 돋보기 하나 사 드리지 못해

엄마, 미안해요
오늘 따라 엄마 생각이 간절하다.

사랑

특별히 잘하는 것 없는데도
잘하고 있다고 말해 주는 당신

주름살 늘어가는 내 손등 감싸 쥐고
참 예뻤는데―
여전히 참 예쁘다고 말해 주는 당신

솜씨 없는 반찬도 맛나게 먹으며
요리 실력이 나아진다고 말해 주는 당신

당신은 우리 집 최고 보물이야 하고
나에게 늘 웃어주는 당신

밀어 주고 끌어 주고 보듬어 주는
큰 힘을 갖고 있는 당신은
세상에 둘도 없는 내 사랑입니다.

3부

어제 내린 봄비는 희망이다

소나기

맑고 높던 하늘이 금세 어두워지고
무슨 일이 난 것 같이 먼데서 천둥소리 나더니
이내 후두두 굵은 빗방울 땅으로 내리 꽂힌다
미처 대비 못한 여린 잎사귀들
뺨 맞는 아픔으로 이리저리 비틀거리고
농작물 말리던 촌부들의 비 설거지 손길은
이것 이상 바쁜 일 없다는 듯 분주하구나

하늘은 한바탕 시원함을 쏟아내고
땅은 한 아름 물세례를 안고 뒹굴어
자연은 순환되어 만물이 여물어가는구나
때론 사람들도 소나기 같은 풍파를 견디며
삶을 아름답게, 또는 어둡게 색칠한다.

어느새 소나기가 그쳤구나.
맑고 높은 가을하늘 강렬한 햇빛
간간히 떠 있는 뭉게구름 보이고

새소리 다시 들리는 평화로움이 찾아오네
사람들의 일상에도 평화가 깃들길 바라는 마음.

봄소식

뒷산 진달래가
분홍빛 꽃망울을 터뜨렸어요
생강나무 노란 꽃망울도
튀밥처럼 톡톡 터졌어요

앞뜰 봄나물이
새싹을 내밀고 키가 한 뼘이나 커졌어요
쑥, 씀바귀, 냉이가 입맛을 다시게 해요

바깥의 햇살도 솜털처럼 포근하고
바람도 간지럽게 부드러워요
고향에선
매화 축제가 열리고 있다고 하네요

새날, 새내기, 새봄, 새것들은
뭔가 잘 풀릴 것 같은 새 힘을 갖고 있어요
이 봄에 좋은 일, 웃는 일 많을 거예요.

일어서는 봄

이 세상 모든 것이 다 그러하듯이
나무는 깨어나기 싫었다.
뿌리는 흙속에서 편안하였고
겨우내 잠속에서 황홀하였다

그러나
나무를 가만 내버려두지 않는 자연은
흙을 들썩이게 하고
뿌리부터 간지럽혔다
깨어나라고
일어서라고

이제 나무는
잎을 달고
꽃을 피우며
나비와 벌을 부른다
하루가 다르게 일어서고 있다
키와 몸을 키우고 있다.

폭염暴炎의 끝을 견디며

올여름 유난히 더웠네
날마다 구슬땀이 줄줄이었네
창밖을 내다보면
무서움이 느껴지는 이글거리는 햇빛

연일 뉴스에서는
최고기온을 갱신하네
일기예보는 비정상이었고
열대야는 또 내 잠을 빼앗았네

비도 없는 한 달 열흘
땡볕은 생물을 많이 괴롭혔지
없는 사람 지내기가
여름이 나은 게 아니었어

낮엔 매미소리 드높고
밤엔 풀벌레소리 낮아
두 계절이 공존하는 요즘

비를 기다리며
다가올 가을을 기다리며
여름을 하루하루 쫓아내고 있어요.

가을

시詩 한 편이라도 가까이 하고 싶어
시집을 들춰봅니다
아니 몇 자 끄적여 봅니다

누구나 시인이 된다는 계절
누구나 맘속에서 시를 쓰는 좋은 때
들판 가득 잘 여문 햇것들 모두가
시가 되어 차곡차곡 작품이 됩니다

사람들이 얻는 결실의 꽉 참
빈 밭이 되는 비우는 외로움이
균형을 이루는 아름다운 계절.

돌아오는 봄

볼 끝 시린 바람 여전한데
숨쉬기도 잊은 듯
꿈쩍 않던 화분 속 홍콩야자
참새 혀만큼 새순이 돋아난다

입춘 지났지만
먼 산 잔설 남았는데
꽃대만 앙상하던 양란이
꽃봉오리 하나를 쭉쭉 밀어 올린다

이 봄
꽃봉오리 벙글어지듯
두근두근 피어나는 내 마음
새순처럼 꽃잎처럼
다시 세상에 나설 채비를 한다.

여름 숲

여름 숲은
나뭇잎으로 위장한 튼튼한 요새
큰 나무들은 숲을 지키는 군인

숲속은 분주하다
새들은 제 목소리 높여 둥지 지키고
벌들은 꽃향기 좇으며 꿀 모으고
개미는 무리지어 양식 모으기 한창

늙고 병든 나무는 죽어
어린 나무 키우는 바탕이 되고
그 어린 나무는
숲을 지키는 젊은 병정

여름숲은 군인이 나라 지키듯
우리 삶을 지켜내는 힘
오늘도 나는 숲이 놀라지 않게
조용히 조용히 숲길 걷는다.

진달래꽃

뒷산 야트막한 등산로 옆
진달래 한 무더기 봄 이야기 한창이네
오가는 사람들 분홍빛 꽃물 들고
두 손으로 송이송이 받쳐보네

진달래 꽃보며
엄마의 예순 번째 그 봄을 기억하네
엄마 가신 그 봄
흐드러진 진달래는 그대로 내 눈물이었네

촉촉이 젖은 꽃잎 하나 입에 무니
쌉싸름한 어릴 때 그 맛 그대로 살아 있네
꽃 따먹는 어린 딸 눈부시듯 바라보시던 어머니

속울음 삼키며 터져 나온 그리움
그 이름 엄마를 이제야 불러 보네.

가을 소나기

맑고 높던 가을 하늘 금세 어두워지더니
머언데서 우르릉 쾅 천둥소리 들린다
이내 후두두 굵은 빗방울 땅으로 내리꽂힌다

미처 대비 못한 여린 잎사귀들
뺨 맞는 아픔으로 이리저리 비틀거리고
낟알을 말리던 촌부들의 손길이
마냥 분주하구나

하늘은 한바탕 시원함을 쏟아내고
땅은 한 아름 물세례를 안고 뒹굴어
골목이 물천지로 아우성이구나

어느새 소나기 그치고 높푸른 가을하늘
따끈따끈한 햇볕에 여무는 씨앗들
지저귀는 새소리 함께 평화로운 모습

삼십 여분 동안 요동치다

사라져 간 가을 소나기
언제 그랬나 싶게 높푸른 하늘
요동치다 고요해지는 가을 즈음의 나.

자스민 꽃

힘든 하루 보내고
내 편안한 안식처로 돌아온 저녁
내 코를 간질이는 향기
나를 들뜨게 한다

2년 전
천리포 수목원에서
우리 집으로 와
누구 하나 지극 정성 기울인 적 없건만
두 번째 꽃을 피운 너
대견하기도 하구나

활짝 피운 보랏빛 봉오리
천리향보다 더한 고운 향기
시들기 직전에 변한
꽃잎은 고운 흰빛
내 할머니의 꽃

꿈 많던 어린 시절
보랏빛 꿈을 꾸던 그 날
그 꿈을 쓰다듬어 주시던
하얀 할머니의 향기.

칠월

시장에 가면
여름이 키워낸 싱싱한 먹을거리
온갖 과일 채소가 널려 있어요
기른 사람의 땀과 노력도 함께

계속 부채질을 해대는 사람들
덥다고 손을 빨리 흔들어대고
잎을 축 늘어뜨린 식물들
소리 없이 더위를 원망하며
비 좀 달라고 아우성이에요.

일 년 중 가장 뜨거운 이 때
복伏맞이 닭들은 수없이 죽고
덩달아
수박도 사람들의 뱃속으로 자취 감추며
가끔씩 개들도 공포를 느낀다

마당 있는 집 뜰엔

채송화가 지천에 피고
아파트 베란다엔
온갖 꽃들이 서로 뽐내며
창밖 나무는 새 가지가 쭉쭉 뻗었다

해마다 칠월은 보이지 않는 기氣가 가장 세다.

복숭아를 먹으며

고놈, 색깔 한번 참 곱다!
한입 베어 먹으니
달콤한 물이 뚝뚝 떨어지는
잘 익은 복숭아

봄부터 흘린
농부의 땀이
내 입속으로 쏘옥!
감사하고 겸손해지는
내 마음.

능소화

시들 때까지 기다리지 않고
절정의 시기에 꽃을 떨군다
명예를 상징하는 너
은근한 기품이 있어 양반화
마음을 당기는 매력있는 꽃

아파트 담벼락 따라 주렴처럼
치렁치렁 늘어진 능소화는
산책길의 내 발걸음 붙들고는

간밤에 별님과 속삭였고
이슬이 찾아와 한참을 같이 놀았다고
이야기를 쏟아낸다
'그랬구나.'
쓰다듬어 주는 내 손길에
활짝 웃는 예쁜 꽃

할미꽃

화담숲에서 본
할미꽃 무더기
참 예쁘다

고향 마을 회관에
무더기로 모여 앉아
살아온 날들 얘기에 하루해가 짧을
흰머리의 할미꽃들

오래된 것이 이처럼 아름다울 수 있음을
고달프면서 아름다운
그 오랜 얘기 속에서 듣는다.

담쟁이

스스로는 일어설 힘을 갖지 못한 채
담을 발판 삼아 초록의 잎을 무기 삼아
살아가는 터전을 넓혀가는 너
높은 담은 어느새
녹색의 큰 구렁이 되어 담을 타고 넘는다.
담 안엔 누가 사나 궁금한가 봐
이웃집도 엿본다

가냘픈 강아지풀보다 키가 작은 너
똑바로 고개 쳐들진 않으나
힘차게 기어가는 모습
비굴해 보이지 않아 좋다
날마다 낮은 자세로 앞으로 나아가
당당하게 너의 자리를 만들어낸다.

어제 내린 봄비는 희망이다

따사로운 햇살이 간지럼 태우는
봄의 한낮은
만물이 자라느라 분주합니다

오랜만에 내린 단비에
울밑 제비꽃 함박웃음 짓고
뒤뜰 진달래 분홍빛 뾰족이 내밀어
살랑거리는 바람과 뽀뽀합니다
두 살 배기 손자가 내미는 입술도 진달래입니다

창밖에선 여기저기서 손짓합니다
앞뜰 매화와 밭두렁 냉이가 부릅니다
어제 내린 봄비에 미세먼지 사라지고
낮잠 깬 손자도 깔깔대며 뛰어 다닙니다
이제 손짓하는 곳으로 가보렵니다

만질 수는 없지만 온 몸으로 느껴지는 봄
만물이 함께 움직입니다

햇살, 공기, 새싹, 손자, 내가 한 덩어리입니다
어제 내린 봄비는 모두에게 희망입니다.

보문호湖에서

얼음 풀린 물빛은 흐리멍텅하지만
청둥오리 쌍쌍이 한가로이 놀고
자식사랑 한 뭉텅이
오리배가 모처럼 깔깔거리고
따뜻한 오후의 볕 아래
봄을 맞는 발걸음이 여유롭다
호수는 온통 즐거움 덩어리

풋풋한 시절, 젊은 우리도
설렘 안고 그 곳을 거닐었지
방금 스쳐간 어여쁜 그들,
저만치 다가오는 다른 그들이
삼십 년을 돌아가 웃음 짓게 해 주네

벚꽃송이 곧 벌어질 듯 탱글거리고
봄 마중 나온 통통 튀는 발걸음
놀이기구 탄 아이들 웃음소리

오늘 다시 찾은 보문호湖에는
그날처럼 희망의 물결이 넘실거리고 있다.

불꽃 목련

아직 꽃 세상은 멀었다고 돌아서려다
꽃을 싼 솜털들 사이
설핏 눈에 드는 붉은 반점
어설픈 불씨 하나 몸부림하고 있었구나

살을 찢고 찢으며 오는구나
한 생명이 세상에 올 때
고통 없이 온 생명이 어디 있던가

나는 본다
환하게 타올라 세상 비추는
횃불 하나 오고 있음을

천리포 수목원 한구석
무심히 지나치는 눈길 속에서
한 생명 오시는 장엄을 보았네.

4부

소리가 있다

친구가 보내 준 사진을 보며

강화 해변이라고
주황의 물감 속으로
불덩어리 하나가 빨려 들어가는
사진을 보내 왔다 친구가

하루 일 마치고
제 집 찾아 쉬러 드는 저 붉음처럼
세상 나올 때 받은 일들 대충 끝낸
나이의 친구가 해변의 끝자락에서
혼자서 쉬고 있는 모습이 떠올랐다

저 시드는 해를 보며
친구는 무엇을 그리워하고 있었을까
이글이글 타오르던 그 열정의 날들을 떠올렸을까
지고 나서 다시 떠오를 저 태양을 부러워했을까

사진 속 노을 진 바다를 보며
먼 훗날 흔들의자에서 꾸벅꾸벅 졸다가

나도 모르게 스르르 가고 싶다

해가 진 저 세상으로.

하얀 민들레
– 남북 정상회담을 보면서

하얀 민들레를 보고 싶었다
노란 민들레는 뒹굴고도 남을 만치 지천이다
삶아서 새하얀 옥양목 천 자락은
그리움으로만 목마른데
한 번이라도 만나고 싶었다
하얀 민들레를

탄천변 자전거길
무심히 오가는 그 콘크리트 벽돌 틈새
아, 숨막히는 그 틈새에서
하얀 민들레 한 송이 피우고 있었다
삶고 삶아 하얀 그리움으로 지친
옥양목 한 송이를

고운 땅 부드러운 흙
물 건너온 힘센 노랭이들한테 다 내 주고도
자전거 길에
담장 틈새에서

여전히 꽃을 피우고 있었다

오늘
널문리에서 손잡은 ㅁ과 ㄱ
노랭이들 새에서 꽃 피운 하얀 민들레처럼
억세게 살아남은 순백의 사람들
하얀 세상이 눈앞에 온다

떨리는 숨
차마 내쉬지 못하고
둘이 맞잡은 그 손을
하얀 그리움으로 흐려지는 눈으로
하얀 민들레가 흐드러지는 세상을 그려 본다.

고속버스 안에서

다들 어디로 가는 걸까
창밖에는
미끄러지듯 달리는
차들이 어지럽다

고개 들어 멀리 보니
꽃망울을 터뜨릴 준비로
분주한 물오른 나무들
논다랑이 갓길에는
농사 준비로 발걸음 바쁜
늙은 농부들
흐물흐물 아련하게
또 어지러운
봄맞이하는 대지(大地)

나도
제사 끝내고 돌아와서
봄맞이해야지

오늘은
3월 둘째 주 일요일 낮 1시 15분.

모성母性 실종失踪

TV 뉴스에서 보도된
암매장된 아이
굶주림과 저체온증이 사인이라는
불쌍한 죽음
보는 내내 먹먹해진 내 가슴
그렁거리던 눈물 한 방울 소리 없이 떨어져 내린다

계모는 겉모습만 인간이었을까?
친부는 또……
천벌을 받기 전에
양심의 벌을 먼저 받아야 할 인간들

자식만큼 좋은 게 없다는 것은
자식 키워 본 부모는 다 아는 사실
옛날부터
아이 한 명을 키우는 데에
온 마을이 필요하다고 했는데
지켜주지 못한 내 마음이 더 부끄러워진다

아가야
불쌍한 아가야
네 부모 대신 내가 먼저 사과할게
정말 미안하다
다음 세상엔 좋은 부모 만나거라.

사는 동안

벗이여
산다는 것은 하루를 견디는 것이라네
하루는 쌓여서 과거가 되고
지나간 현재가 되고
오래된 미래가 되어
삶이 된다네

벗이여
인생은 고개 넘는 것이라네
한 고개 넘으면 또 한 고개
넘고 넘어 또 넘어
한평생 고개 넘다가 다 넘지도 못하고 끝난다네

벗이여
아리랑 고개는 십리도 못가서 발병난다지
우리네 고개는 사는 동안 쭈욱 마음병이라네
사랑고개, 행복고개, 슬픔고개, 아픔고개

사는 동안 늘 내 주위를 맴돈다네
그러려니 하고 하루하루 견뎌 나가세.

소리가 있다

바람이 지나는 길목에는
소리가 있다

봄바람은 사춘기 소녀
살랑살랑 부푸는
부드러운 소리

폭풍우는 젊은이의 가슴
휘잉 – 휙휙휙 –
사나움이 폭발하고

서늘해진 가을은
바쁜 농부의 넉넉한 마음이
껄껄껄 웃어재끼는 소리

눈 오는 밤은
늙은이의 걸음걸이마냥
귀 기울여야 들린다

삶이 지나는 길목에도
바람 소리가 있다

쓰고, 달고, 시고, 짠
인생의 소리가 있어
알곡 가득 품은 가마니처럼
한껏 부풀었다가 낱알들은
제각기 흩어져 바람소리가 된다.

날고 싶은 소

느리고 굼뜬 소가 자려고 누웠다가
갑자기 날아 보고 싶어서
곰곰이 생각을 하다가 벌떡 일어나 앉았다
날개를 가지고 싶어서 몸 이곳저곳 살폈으나
어딜 봐도 찾을 수 없어 다시 누웠다

다음 날,
날개를 만들어서 몸에 찰싹 붙일 요량으로
재료를 구하러 여기저기 다녀와서는
날개를 만들기 시작했으나
날개를 만들기란 무척 힘들었다
다양한 날개들을 수십 개 만들어
몸 이곳저곳 붙여봤으나
한 번 날아 보기도 전에 망가져 버렸다

여러 해가 흘렀다
소는 오늘도
몸에 딱 맞는 날개를 위해

앞으로, 옆으로, 뒤로, 또 앞으로
부지런을 떨고 있다.
'언젠가는 훨훨 날아다닐 거야.'
꿈꾸면서 부서진 날개를 집어 든다.

보리암*에서

숨은 턱밑에 닿고
이미 땀은 온몸을 적셨다
중생의 길은 고해

천의 형상 바위로 제 몸 감싸고
너른 남해를 굽어보는 전설의 암자
한 가지 소원 들어 주어 비단이 된 산 속에서
중생들의 소원 들어 주려 더 무거워지네

발효차 따라 주며 스님이 건네시는
법문이 새삼 가슴을 파고 든다
회향!**
좋은 인연 많이 지어 복받고
받은 복은 세상에 더 크게 돌려주라네

내 짐 무거운 것만 알고
숨 넘어 갈 듯 올랐던 길을
회향! 한 다짐에 깃털처럼 살랑거리며 내려 올 제

멀리 상주 해수욕장의 은모래가 반짝이네
받은 햇살 넉넉하게 되돌려 주는
회향의 모래 보며 미소 짓는다.

*보리암 : 경남 남해군 금산에 있는 암자

**회향(回向) : 자신이 닦은 공덕을 중생에게 돌림.

추석

맛있는 음식
추석빔 새 옷
자주 못 뵌 친척 만나기
모든 것이 기다려지던
어린 날의 아득한 그리움.

이제 새로운 나의 둥지 30년
다 퍼 주어도 아깝지 않을 내 자식들과
알콩달콩 전 부치고. 송편 빚고
하하호호 웃음꽃 핀다.

아아, 슈퍼문이여!
빌 소원 있어
간절히 하늘을 올려다봅니다.
욕심이라 나무라도 어쩔 수 없어요.
누구나 간절함은 끝이 없을걸요.
나의 작은 소원 하나 꼭 들어 줘요
부탁해요, 보름달.

공원묘지에서

향기 없는 조화들 줄지어 피어 있고
죽어서야 비로소 편히 누운 육신들
흐트러짐 없는 줄이 너무 반듯해 서럽다

점으로 박혀 있는 생명 없는 사람들도
어쩌다 찾아오는 인연들이 반갑고
지나는 바람에게 이 세상 소식 듣는다

내동 공원묘지 꽃 더미 속에는
얘기하기 즐기시는 조그마한 어머님이
먼저 간 아주버님과 조금 떨어져 누워 계신다
살아 미처 못 한 얘기 서로 전해주는지
까마귀 몇 마리 낮은 하늘에 맴돌고 있다.

섬진강

밤새
거친 바람소리 나더니
제법 쌀쌀한 아침

무심코 내다 본 창밖
길고 긴 용 한 마리
비늘 세우고 꿈틀대면서
바람과 얘기하며 바다로 가네

길가의 벚나무와
흐드러지게 꽃 피울 강변 배 밭의 농부도
허연 귀밑머리 날리는 나와 함께
변함없이 지켜 본 강

물살 가파른 강바닥의 작은 돌무더기 사이
이끼 핥으며 지느러미 세운 은어의 힘찬 몸짓에서
부드럽고 강인한 어미강의 자식사랑을 배운다.

길 찾기

또르르
바람에 굴러온 갈잎 하나
내 발 앞에서 멈추고는
나에게 길을 물어 온다

내 길도 몰라 헛다리짚고 헤매는데
네게 가르쳐 줄 게 없어 미안하구나

바스러져야 끝나는 네 꿈
누워야 멈추는 내 걸음
너와 내가 가는 마지막 길은 어디일까
다른 듯 같은 길 아닐까

오늘도 길을 찾아
너는 바람 따라 구르고
나는 기웃기웃 술래가 된다.

아픔이 통증이라면

언덕길에서 쑥을 캐다가
미끄러져 그만 엉덩방아를 찧고 말았다
손바닥에는 피
허벅지에는 멍
순간 쓰라린 통증이 온다

며칠 후
상처는 잘 아물고
통증은 어느새 사라져 갔다
흔적 없는 깨끗해진 피부

세월을 되짚어 보면
기억 속에 문신처럼 새겨진 일
부모님 사망, 친구와의 이별
지워지지 않는 아픔들이었다

통증은 금방 잊혀지지만
아픔은 잘 아물지 않는다

아픔이 통증이라면
상처가 아물 듯이
후회도 미련도 남아 있지 않을 터인데.

세월

꿈을 머리에 이고 살던 때
뭐든 이룰 수 있다고
자신만만했지요

꿈을 어깨에 얹고 살던 때
열심히만 살면 이루어진다고
하루하루 바쁘게 살았어요

이젠
그 많던 꿈을 하나씩 접어요
그리고
무거운 꿈들을 내려놓아요

꿈은 세월 따라 흐르나 봐요
그러나 단 하나의 꿈
한 땀 한 땀 수놓은 색실꿈은
놓고 싶지 않네요.

보이는 것이 전부가 아니다

찜질방에서 할머니 몇 분이 앉아
자식 자랑이 천정을 뚫는다
앉은 모습도 꼿꼿하다 자식 출세만큼

가만히 듣고 있던 누군가가 말한다
집에 있는 금송아지 확인할 수 없잖은가
좋은 직업, 멋진 외모가 전부가 아니라고

좋은 세월 만나 어느덧 자랑 많은 할머니
어릴 때의 가난은 마음에서 멀어지고
강남에서 잘 살았다고 높이는 목소리
혹시 툭 건드리면 요란한 빈 깡통은 아닐까

살기 힘든 자식 안고 사는 부모들이여
봄을 이기는 겨울은 없으니
겨울 이겨낸 봄꽃처럼 당당히 살아갈 일이오.

베테랑

저절로 되는 것이 아니더라

초밥의 달인
숱한 상처와 실패 끝에
초밥 하나에 기계처럼 밥알을 정확히 빚어내고

발레리나
지독한 연습과 땀방울로
화려한 의상 뒤의 기형적 발가락을 기억한다

베테랑이 되기 위해
성공한 이들은 1만 시간을 얘기한다
힘들어도
묵묵히 자기 일을 해 나가는 사람

나를 돌아본다
중간만 하고 살자
남에게 욕 듣지 않으면 되지

그렇게 대충 살아 온 내가 부끄럽다

영화 '베테랑'의 서도철 형사에게
미안함과 부러움을 같이 보냅니다.

2030세대에게

흔들리고
채여서 넘어지고
생채기를 내고 아물 때까지
오뚝이처럼 다시 서야 한다
단단히 땅을 밟고 서서
위기가 지나기를 기다려라

그러고는
늠름한 나무가 되어라
모나지 않고 어디든 구르는
단단한 차돌이 되어라

젊은 인생
힘들게 버텨야 한다

지쳐 쓰러지면
일어날 수 있는

버팀목이 되어 주고 싶다
힘껏 안아서 보듬어 주련다.

불면증

들리는 건 내 숨소리
째깍째각 시계 소리
모두가 꿈속을 헤매고 있다

불을 켜니
불빛은 점점 밝아온다
밖이 어두운 만큼

책 몇 줄 읽으려다
문득 들리는 소리
귀를 모으니
건강한 하루를 보낸
가장의 피곤한 코골이 소리

깊은 밤
혼자 깨어 있는 나에게
부르지 않아도 찾아와

어느덧 친구가 된 벗
불면증.

겸손

손님, 어서 오세요
목소리 상냥하다
음, 아메리카노 한 잔 줘
굳어지는 종업원의 얼굴
옆에 있는 내 마음 불편하다

손님 나간 뒤
손놈, 여기 아메리카노
이에는 이
눈에는 눈
게스트guest는 개犬스트가 되고
개줌마, 개저씨가 되는 세상
짧은 한마디에서 우러나오는 품격
자신도 모르게 개 취급을 당하다니

하느님은
인간끼리 잘 지내라고

오른 손

왼손

겸손을 주셨는가

말로 표현하는 마음의 소리

겸손이어라.

감사하기

살아 있음을
먹을 것 있음을
편안히 잠잘 수 있음을
돈 벌 수 있는 직장 있음을
가족이 있음을
생각할 수 있는 시간 있음을

무엇보다 내가
이 세상의 주인이라는 것에
감사합니다

감사하기는
인생 최고의 행복처방전.

변경의 존재자 그리고 경계인

김선주

문학평론가

1. 일상의 '빈틈'에 말 걸기

이정숙의 이번 시집 〈소리가 있다〉는 교훈과 자아 성찰의 어조로 시종일관 유지된 점에서 눈길을 끈다. 무릇 성찰의 생활 혹은 정신적 삶은 초자아의 윤리적 기표들로부터 자유로울 수 없다. 그렇기에 화자는 사회와 개인의 경계에서 그 두 세계가 시적 매체를 확보할 때 발화하는 것이다.

물론 시인은 모두 경계인일 것이다. 현실을 예리하게 인식할 때 시적 자아도 구성력을 발휘한다. 그렇기에 당연하다 할 수 있는 현실과 자아의 줄타기가 새삼 새로울 수 없다. 그런데도 이정숙의 성찰적 시어들에 귀 기울이는 이유는 그가 적극적이고 전략적으로 아포리즘의 화자를 시 전면에 내세우고 있기 때문이다.

나의 무거움을 받치고 있는 너

말없이 불평 없이

내 인생의 무게까지

지탱하고 있는 너

좀 무거우면 빼고 앉아.

조금 가벼우면 보태어도 돼

서 있기 버거울 땐 언제라도

그냥 그대로 앉으면 돼

그렇게

세상의 무게를 품어주는 의자.

– 〈의자〉 전문

위 시에서 우선 주목할 점은 자아와 사물의 순환관계

에 있다. 화자는 언표를 통해 의자란 사물에 자아와 인격을 불어넣는다. 화자의 의식과 영혼이 의자로 흘러들며 그 넋은 두 타자의 육체를 선순환한다. 이제 의자는 화자와 마찬가지로 숨 쉬고 힘겨워할 줄 아는 존재자로 깨어난다.

이런 순환관계는 "좀 무거우면 빼고 앉아. / 조금 가벼우면 보태어도 돼 / 서 있기 버거울 땐 언제라도"와 같은 말 걸기로부터 가능해진다. 다시 말해 소리도 형체도 희미해 줄곧 소외되어왔던 일상의 '빈틈'을 시적 공간으로 불러낸다. 그곳에서 너무 익숙해져 하찮게 여겼거나 눈길 주지 않은 타자에게 말을 건다.

그들은 모두 이름 없는 자들이다. 홀로 불릴 수 없고 항상 누군가와 함께 호명되어야 한다. 시인이 그들을 부름으로써 몰개성의 서식지로 삶의 무늬가 나타난다. 즉 삶이란 견딤이며 희생과 행복의 변주곡과 같다는 아포리즘적 자기장이 시어들을 모은다. 그로 인해 의자는 '버티고 살아 있는 자'로써 "나의 무거움을 받치고 있는 너"라는 주체/객체, 수직적 주종 구조를 탈피한다.

의자와 화자가 동일성의 지평에서 주체로 함께 떠오르는 과정은 후설의 현상학적 환원을 떠오르게 한다. 세상에 알려진 의자에 관한 모든 것을 의심하는 것, 이름도 형태도 색깔도 심지어 익숙한 쓰임새조차 판단중지

(epoche)하는 것, 그리고 의식을 통해 그 모두를 재구성하는 것이다. 후설의 표현을 쓰자면 의자의 본질 찾기인 것이다.

말하자면 시적 이미지의 다이어트를 통해 궁극에 남는 것은 시지프스를 방불케 하는 인내의 형상이다. 의자는 바로 "내 인생의 무게까지 / 지탱하고 있는 너"의 극한적 고뇌의 영웅인 것이다. 그런데 이러한 '견딤'에 대한 성찰적 어조는 꾸준히 "세상의 무게를 품어주는" 초자아의 윤리적 목소리와 맞물린다.

중심을 향해 쉬지 않고 돌아가네
비틀비틀 이리저리 흔들리다가
매를 치지 않으면 쓰러지고 말지

젊은 날
팽이처럼 열심히도 돌았네
공부에, 일에 지쳤을 때
쓰러지지 않기 위해
중심을 잡고 일어섰지
매를 치는 손길 없어도
가족의 응원에 힘을 얻고

중심을 잡고 혼자서 돌았지

중심을 잡아 돌아가는 세상
혼자서는 돌지 못해서
사람들은 스스로 매질하며
어지러운 세상을 굴려 간다네.

– 〈팽이〉 전문

　이 시에서도 화자에 의해 '견딤'의 윤리학은 꿋꿋이 호
소되고 있다. 팽이의 돌아가는 율동과 화자의 인생살이
몸짓은 자연스레 동일성의 지평에 놓인다. 화자와 팽이
는 의식과 영혼을 공유하며 중심 잡기에 동참한다.
　중심 잡기의 포인트는 치열하게 날선 윤리 감각이 이
동하는 과정이다. 화자에게 "매를 치는 손길"의 부재는
생활의 회전력을 전혀 반감시키지 못한다. 그는 "공부
에, 일에 지쳤을 때"에도 "가족의 응원"으로 안간힘을
다해 "혼자서 돌았"다. 즉 팽이와 자신을 치댔을 매질을
끊임없이 초자아에 고정시켰다. 이에 '견디며 살아 있
는 자의 형상'은 필연적으로 대타자의 영역으로 옮겨간
다. 즉 화자는 "스스로 매질하며" "어지러운 세상을 굴

려 간" 사람들과 합류한다.

이 시에서도 사물의 비유가 적절히 활용됨으로써 현상학적 환원의 본질 찾기가 여실히 드러난다. 화자는 팽이를 철저히 내면화시켜 꿋꿋한 이미지 다이어트를 시도한다. 이렇게 드러난 팽이의 본질은 "중심을 향해 쉬지 않고 돌아가" 세상을 안간힘으로 견디는 존재였던 것이다. 화자는 날선 윤리감각으로 마음 속 그 팽이의 형상을 끝없이 응시한다. 즉 그는 중심과 싸우는 팽이의 원심력/구심력과, 치열한 매질을 "쉬지 않고" 치렀다.

이처럼 이정숙의 시 세계에는 자아와 사물이 결합한 시적 대상이 빈번하게 나타난다. 이는 단순한 비유법으로부터 모두가 일상에서 지나쳤을 너무도 익숙하고 작다란 존재자들을 보듬는 세심한 눈길로 승화된다. 우리는 여기에서 빈틈의 생태계에 귀를 기울이는 탈인간적인 시적 상상력과 만난다. 화자와 사물이 일심동체로 시적 공간 정중앙에 부상함으로써 삶에 대한 선명한 방향표가 나타나고 있다.

그러나 시인은 결코 삶이 무엇인지 예단하지 않는다. 들뢰즈가 말한 바처럼 예술과 문학은 해답이 아니라 새로운 문제제기를 끝없이 창출하는 것일 때 이정숙의 시 세계는 그야말로 성실한 시적 상상력을 보여준다고 할 수 있다. 그는 삶이란 관념 뒤의 의미를 겨냥하지 않고 삶 자체로 몸소 뛰어들어 치열하게 뒹군다. 그렇기에 그가 들려주는 작다란 사물들의 울림은 결코 작지 않다.

그 실천적 시 쓰기의 고뇌는 삶의 문제 제기를 결단코 쉬지 않는 아포리즘적 화자의 치열한 윤리학을 내포한다. 예리한 자의식을 낭만적 슬픔에 함몰시키지 않고 '견디며 살아 있기'의 이유를 꿋꿋하게 호소하고 있는 것이다. 현실에 대한 이러한 시적 대응력이 이정숙의 한 줄 한 줄 시구에 깊은 애정을 느끼게 만든다. 또, 거기에 이정숙 시들이 낯선 듯 익숙한 시적 이미지를 드러내며 따뜻하게 독자를 보듬는 동력이 있다.

2. 인공 일상에서의 '행복 찾기'

우린 레일 속 홈을 따라 자본의 궤도를 무한반복 질주한다. 자본은 우리에게 어서 달리라고 으르렁거린다. 지구 둘레만큼의 쇠사슬을 발목에 두른 채 우리는 야수와 함께 이 지구별에 감금되었다. 야수를 길들이지 못해 야수에게 길들여져 오늘도 레일 속을 달린다.

이정숙은 저 자본의 궤도 속 천편일률의 무한 레일을 예쁜 커튼 한 장으로 슬며시 가려놓는다. 대신 '먹고 사는 일'에 대한 소소한 일상, 다시 말해 좀 더 실제적인 삶의 풍경을 보여준다. 가족은 그 소소한 일상의 자연스런 시적 모티프다. 그런데 시인이 가족을 바라보는 시선은 뿌듯함과 쓸쓸함을 함께 내포한다. 그렇기에 가족 모티프는 행복 찾기의 시적 대응으로 확장한다.

남자와 여자가 만나 가정을 창업했어요.

남자는 영업, 여자는 재무

영업으로 번 돈을 아끼고 아껴

열심히 살다 보니 이익이 생겼어요

월세에서 전세로 드디어 내 집 장만

둘이서 창업한 가정이 탄탄해졌어요.

아, 그 사이에 아이라는 계열사를 두 개 가졌네요.

계열사는 계속 투자금이 들어가요.

한 아이 당 무려 12년간 쏟아 부었어요.

30여년 영업하던 남자는 이제 지쳤어요

영업을 포기하니 회사가 점점 어려워져요

빚도 늘어나고 계열사에 투자도 끊었어요

참다못한 여자가 재무담당을 포기하고

영업에 뛰어들었어요

계열사도 영업을 하고 있으나 벌이가 신통치 않네요

이제 남자는 용돈벌이나 하려고

여기저기 알아보고 다녀요

계열사 두 개는 창업에 어려움을 겪나 봐요

– 〈가정 경영〉 부분

위 시는 괴물 자본의 생리가 우리 일상에 깊숙이 서려 있다는 사실을 여실히 드러낸다. 그러나 시인은 이데올로기적 시어들을 최대한 절제하며 생활 밀착형의 시구를 길어낸다. 그래서 '행복 찾기'의 현장은 시적 리얼리즘을 확보함으로써 더욱 신랄한 비판 의식으로 작용한다.

결혼은 "가정을 창업"하는 것이고 가정을 꾸리는 모든 행위가 자본주의적 시어들로 대체되어 있다. 즉 남자는 "영업", 여자는 "재무", 자식들은 "계열사"로 지칭되며, "월세에서 전세로 드디어 내 집 장만"을 이루는 행복 찾기의 여정은 마치 성장 중의 기업과 같다. 이처럼 시인은 오늘 날 실용주의적 가정의 출현을 제시하며 진정한 가족의 의미를 묻고 있다.

이때 가족의 구성원들은 자본주의 사회를 사는 고달픈 시민의 전형이다. 그러나 시인은 창업과 영업난을 행복의 기준에 두지 않고, 삶 자체에서 행복을 찾는다. 이들 가족의 고난은 오늘 날 흔한 "우리 주변의 사는 모습"으로, "그래도 우리는 희망을 잃지 않아요 / 걱정이 태산이라도 희망을 가져요"라는 전언으로 와 닿는다.

이처럼 삶의 의미를 새삼 일깨우는 아포리즘적 화자의 형상은 꾸준히 등장한다. 그런데 이 아포리즘적 음성과 가족 모티프가 만날 때 우리는 일상성의 허위를 체감하게 된다. 즉 '인공 일상'의 출현을 함께 목격하게 되는 것이다. 자본주의의 소비 욕구 혹은 타자의 욕망이 설정해 놓은 일종의 매트릭스가 돌연히 솟아오른다.

우리는 자본주의체제에 길들여져 타자의 욕망을 자기 것으로 착각하고 있다. 자본주의 사회에서 행복 찾기는 모두 허구일 수밖에 없다. 욕망의 대상이 허구이기 때문이다.

이정숙은 일상의 의미가 외부에서 주어지는 것이 아니라 내면으로부터 샘솟아야 함을 잘 알고 있다. 당연히 그의 시어들은 진실한 시적 울림을 찾는 여정이고 바로 시 쓰기가 행복의 조건인 셈이다. 그가 쏘아 올리는 시어들이 일상의 바깥을 향하는 것은 필연적이다. 이런 의미에서 생활세계 즉 초자아와 시적 자아를 유지하는 가장 자연스런 방법 중 한 가지는 과거로 시선을 돌리는 것이다.

그 뒤 어느 날, 코도 뚫지 않은 송아지 한 마리가 우리 집에 왔어.

눈빛이 맑고 순한 솜털이 많은 귀여운 송아지는 큰딸인 내가 돌봐줘야 한다고 아버지께서 말씀하셨어.

비 오는 날만 아버지가 풀을 베어서 소를 먹이고 맑은 날은 매일 아침과 오후에 산으로 들로

몰고 나가서 소를 풀어 두고 소먹이를 했어.

나는 외양간에 매인 송아지를 매일 쓰다듬어 주고 빗으로 털을 빗겨주고 등에도 잡아주곤 하며 우린 한 식구가 되었어.

여름 어느 날 아침, 윗집에 사는 친구와 함께 해도 뜨기 전에 송아지를 몰고 뒷산으로 갔어.

친구네 집도 송아지를 산지 얼마 되지 않아 같이 소먹이를 하러 갔어.

코를 뚫지 않은 송아지 두 마리는 힘이 무척 셌어.

이제 실컷 풀을 먹었으니 집에 가자고 아무리 고삐를 끌어 당겨도 송아지는 꿈쩍도 안했어. 송아지와 씨름을 하다가 친구는 벌에 쏘이고 나는 억새풀잎에 베어 팔에 생채기가 났어.

빨리 집에 가서 밥 먹고 학교에 가야 하는데 우리는 어

쩔줄 몰라서 주저앉아 엉엉 울었어.

집에서는 걱정하다가 아버지와 친구 아버지가 오셔서 무사히 해결되었어.

매미소리가 늦여름을 뒤흔드는 어느 날 오후, 학교에서 돌아오니 소에게 코뚜레가 끼워져 있었어.

송아지의 코 주변에는 피가 묻어 있었고 송아지는 힘없이 외양간에 앉아 있는 모습이 많이 불쌍해 보여 꼭 안아주었어.

이제 어느 정도 자란 송아지에게 아버지께서 코를 뚫어 일소로 부리려고 길들이기가 시작된 것이었어.

소먹이를 가려고 고삐를 풀어서 당기니 아무런 저항 없이 잘 따라 왔어.

이제부터 송아지는 소가 되어 나의 동무가 되었어.

친구들과 소와 함께 산으로 들로 즐거운 소먹이가 시작되었어.

거의 매일 소들은 소끼리 우리는 우리끼리 참 열심히 놀았던 추억이 한아름이었지.

                              - 〈송아지와 나〉 부분

소 혹은 소의 일가는 사고 팔리는 교환가치의 상품으로 1차 제시되고 있다. 화자의 가정에 소는 팔려서 사라지고 다시 채워지는 충족 조건으로 작용한다. 어린 시절 화자가 만난 새로운 송아지 또한 나중에는 소장수에게 팔려가 이별하게 된다.

소는 팔려갈 때까지 일종의 동물적 거세 공포, 즉 라캉적 사회화를 치른다. 자연을 마음대로 누리며 주인의 통제를 거부하는 소에게 코뚜레는 라캉의 팔루스에 대한 억압을 상기시킨다. 여기서 자연을 라캉이 말하는 금지된 어머니로 연결할 수 있다고 할 때, 코뚜레를 차는 것은 상징계인 가축으로서의 삶을 수용하는 것이 된다. 코뚜레를 찬 송아지의 "코 주변에는 피가 묻어 있"는데 그 피는 이를테면 상징계의 법에 순종하길 받아들인 징표인 셈이다.

화자가 기억을 통해 주목하는 것은 자본주의적 사회에서 소의 운명이 아니라 둘이서 함께 나눈 "어린 날의 아름다운 추억"이다. 소는 화자에게 "동무가 되었"다. 어린 시절 "산으로 들로 즐거운 소먹이" 다니며 느꼈던 "한 아름"의 잊을 수 없는 추억은 오롯이 자본주의적 이미지와 대조된다.

그런데 자본주의의 세계관은 어린 화자도 소도 도피할

수 없는 시공간이다. 화자와 소는 해가 바뀌어가며 함께 성장해 가는데, 둘이서 겪는 통과의례의 성격은 거의 일치한다. 다시 말해 두 자아가 직면한 억압 기제는 자본의 교환가치로 표상되는 상징계로의 진입을 예비하고 있다. 가정은 어린 화자와 소가 "논일, 밭일, 물건 운반 등 큰 일꾼으로서 당당하게 제 역할" 하기를 촉구한다.

여기서 소는 분명하게 "여덟 번째 식구"로 호명되고 있다. 그렇기에 나중에 소가 팔려갔을 때의 일은 어린 화자에게 하나의 사건으로써 "위기가 찾아왔"다고 진술된다. 그러니까 그 위기는 결국에는 화자가 어른의 세계로 들어섰던 첫 발자국인 셈이다. 화자에 의해 그것이 정들었던 "첫 소"로 불리는 것이다.

이처럼 이정숙은 가족 모티프를 통해 일상에서 삶의 의미를 일깨우는 아포리즘적 화자의 음성을 지속시킨다. 일상의 허구성을 불시에 드러냄으로써 행복의 조건을 가족에서 찾고 있다. 말하자면 인간이 존재하는 작품에는 장르를 불문하고 반드시 현실이 형성되는 것처럼, 가족이 존재하는 인생은 반드시 행복의 가능성을 전제한다. 물론 불행한 가족사가 될지 행복의 결말을 맞는 드라마가 될지는 아무도 모른다.

3. 자연의 울림을 찾아 귀 기울이기

도시 숲에서 자연을 찾는 여정은 인공 일상을 벗어나는 또 하나의 방법일 것이다. 시인도 그리 여기고 있는 듯하다. 도시가 미처 느끼게 해 줄 수 없는 성찰의 이미지가 자연에는 가득하다. 특히 자연의 순환과 자생의 순리가 그 자체로 삶의 새로운 물음을 향해 열린다. 풍부한 시적 이미지가 화자의 의식 구조를 저절로 채운다.

이정숙은 의인화를 하나의 방법론 삼아 또 다시 사물에 영혼을 불어넣는다. 이번에는 그 대상이 자연이다. 특히 자연의 식물이나 기상 현상에서 삶의 숭고함을 발견한다. 열망으로 쑥쑥 자라 "녹색의 큰 구렁이"처럼 담을 타는 담쟁이(《담쟁이》)나 천상의 "별님과 속삭"이는 능소화(《능소화》) 등을 통해 삶의 의미를 짚어간다.

화자와 자연의 동일성은 의자나 팽이 등의 사물과 달리 광활한 공간성을 보여준다. 화자와 사물의 동일시가 드러내는 순환의 한계성이 자연에 이르러 해소되고 있다. 자아가 소여의 영역으로 환원되지 않고 시공간성 전체에 충만해진다.

따사로운 햇살이 간지럼 태우는

봄의 한낮은

만물이 자라느라 분주합니다

오랜만에 내린 단비에

울밑 제비꽃 함박웃음 짓고

뒤뜰 진달래 분홍빛 뾰족이 내밀어

살랑거리는 바람과 뽀뽀합니다.

두 살 배기 손자가 내미는 입술도 진달래입니다

창밖에선 여기저기서 손짓합니다

앞뜰 매화와 밭두렁 냉이가 부릅니다

어제 내린 봄비에 미세먼지 사라지고

낮잠 깬 손자도 깔깔대며 뛰어 다닙니다

이제 손짓하는 곳으로 가보렵니다

만질 수는 없지만 온 몸으로 느껴지는 봄

만물이 함께 움직입니다

햇살, 공기, 새싹, 손자, 내가 한 덩어리입니다

어제 내린 봄비는 모두에게 희망입니다.

– 〈어제 내린 봄비는 희망이다〉 전문

이 시는 화자의 형상 뒤에 잠재된 지구에 대한 암시를 걸고 있다. 즉 화자와 지구의 동일시를 통해 의식의 선순환을 내재하고 있는데, 이를 "햇살, 공기, 새싹, 내가 한 덩어리"라는 발설에서 잘 알 수 있다. 한 덩어리란 표현은 약동하는 생명의 물결을 느끼는 대지 속의 존재를 뜻하는 동시에 생명계 전체가 의식을 공유하는 탄생의 시공간을 구현하고 있는 것이다.

지구와 화자의 공통성은 바로 그들이 생명의 시원이란 점이다. 지구의 진짜 나이가 46억 살로 알려져 있는데 그 진위를 차치하더라도 결코 만만한 세월이 아니다. 인류의 나이를 뛰어넘고도 남는 어른 중의 어른인 것이다. 그런데 삶보다 죽음에 더 가까이 다가서 있을지 모를 이 지구는 해마다 수많은 생명이 태어나고 있으며 또 그에 버금가는 탄생기가 전해진다.

화자는 남은 날보다 살아온 시간의 부피가 더 큰 시기를 살고 있다. 그의 두 살 배기 손자는 상징적 의미가 크다. 손자는 장성한 자식들에게서 태어났고, 그 자식들은 젊었을 적의 화자로부터 세상에 나왔다. 세월은 "끊임없이 / 새로운 부부를 이어주고 / 가족이라는 끈은 오늘도 계속"(〈결혼 이야기〉) 반복되리라. 우리는 "조상 대대로 살아왔고 앞으로도 살아갈"(가정 경영〉) 유전의 흐름을 선명히 의식할 수 있다.

이처럼 이 시의 시적 긴장은 두 시원으로부터 형성된다. 두 존재자가 단비에 젖어 봄으로 무르익은 대지의 시공간을 배경으로 탄생의 기쁨에 대해 노래한다. 봄의 무대에서는 "진달래 분홍빛"과 "살랑거리는 바람"이 "뽀뽀"하고, "앞뜰 매화", "밭두렁 냉이", 깔깔대며 뛰어다니는 "낮잠 깬 손자"의 "입술도 진달래"처럼 피어난다. 꽃들도 바람도 햇살도 "손짓"하며 우리를 부른다.

시인은 세계가 삶과 희망으로 충만한 시공간임을 말해준다. 겨울의 꼬리를 물고 봄이 매해 다시 돌아오듯이 탄생의 기쁨이 있는 한 돌고 도는 불행의 시간성은 우리를 결코 주저앉힐 수 없다.

바람이 지나는 길목에는
소리가 있다

봄바람은 사춘기 소녀
살랑살랑 부푸는
부드러운 소리

폭풍우는 젊은이의 가슴
휘잉- 휙휙휙-

사나움이 폭발하고

서늘해진 가을은

바쁜 농부의 넉넉한 마음이

껄껄껄 웃어재끼는 소리

눈 오는 밤은

늙은이의 걸음걸이마냥

귀 기울여야 들린다

삶이 지나는 길목에도

바람 소리가 있다

쓰고, 달고, 시고, 짠

인생의 소리가 있어

알곡 가득 품은 가마니처럼

한껏 부풀었다가 낱알들은

제각기 흩어져 바람소리가 된다.

– <소리가 있다> 전문

이 시도 마찬가지로 자아와 자연의 동일시가 인생의

숭고함 혹은 긍정의 당위성을 호소한다. 즉 "봄바람"과 "사춘기 소녀", "폭풍우"와 "젊은이의 가슴", "서늘해진 가을"과 "농부의 넉넉한 마음", "눈 오는 밤"과 "늙은이의 걸음걸이"가 각각 이미지의 운동을 드러낸다.

봄바람은 "살랑살랑 부푸는 / 부드러운 소리", 폭풍우는 "휘잉 - 획획획- / 사나움이 폭발하"는 젊은 가슴, 서늘한 가을은 소슬바람을 암시하며 "바쁜 농부의" "껄껄껄 웃어재끼는 소리", 눈 오는 밤은 늙은이의 희미한 발자취로 전환하며, 자연의 이미지를 환기시킨다. 이러한 자연과 자아의 합일은 궁극에 삶의 실체를 화자의 눈앞에 드러내 준다.

즉 "바람이 지나는 골목에는 / 소리가 있다"는 경이로운 현상의 발견은, "쓰고, 달고, 시고, 짠 / 인생의 소리가 있"는 깨달음으로 확장하기 때문이다. 때론 산뜻한 봄바람이었다가 때론 매서운 눈보라로 소리치는 자연의 바람결은 인생의 신산함을 오롯이 밝혀준다. 시적 자아는 광활한 자연계로 확장해 풍부한 아포리즘적 이미지를 생산한다. 즉자적 사물들은 삶의 의미와 문제 제기를 깊이 간직한 시적 대상으로 승화된다.

인간은 행복해지려고 산다. 유명한 대가가 남긴 한 줄의 아포리즘이다. 나는 이렇게 말하고 싶다. '시인에게 행복이란 분석의 대상이노라.' 누구보다 삶과 감정을 직관적으로 느껴야 할 시인이리라. 또 분명 시인은 이성보다 관능과 감정을 더 섬기는 자들일 것이다. 그런데도 우리는 한편으로 어떤 이지와 감성도 독단적으로 작동하지 않음을 잘 알고 있다.

옛날 자동기술법이나 다다이즘 미술 작품들조차 우리 정신 속 매서운 이성을 통과한 결과물이다. 질서와 균형을 배제한 감성은 확립될 수 없다고 확실히 말할 수 있다. 그런데도 우리는 시 장르가 감성의 전유물이라는 고정관념을 지닌 듯하다. 소설에서와 같이 추론과 인과적 시간성이, 시에는 부재해 있다는 통념이 아무 비판 없이 자리매김한 것 같다.

이정숙의 시 세계는 아포리즘적 언어의 성질이, 자아와 그 자아의 바깥을 동시에 겨냥할 수밖에 없단 사실을 적극적으로 활용하여, 이지와 감성의 시어들이 상호 공전(公轉)하게 만든다. 교훈과 자아성찰의 어조로 시종일관 말하고 있는 바는 삶이 희망으로 충만해 있다는 것이다. 그리고 그 희망 혹은 행복 찾기의 가능성을 현실의 몇 가지 층위에서 찾고 있다.

먼저 일상의 '빈틈'을 시적 시공간으로 불러오며 거기서 삶을 긍정할 아포리즘적 주체를 실험한다. 아무도 눈여겨보지 않는 익숙하고 하찮은 사물들에게 말을 건다.

즉자적 사물들 혹은 타자에게 말 걸기를 통해 의자, 팽이 등을 인격적 지평으로 끌어올린다. 시인은 그 사물들에게서 인간의 전유물이라 여겼던 견딤의 윤리학을 발견한다.

이러한 사물들의 서식지 이편에 당연히 현실의 시어들이 불려온다. 가족의 모티프와 추억이나 체념 등을 통해 인공 현실의 부조리함을 형상화했다. 그리고 고난과 시련 속에서도 살아 있는 이유를 가족 혹은 가족과의 추억에서 찾고 있다. 이처럼 시인은 사물의 서식지와 현실의 이데올로기로 뚫린 사잇길을 아슬아슬 걸어간다. 삶을 긍정하려는 아포리즘적 음성을 안간힘으로 붙잡고 말이다.

시인에게 행복 찾기는 다름 아닌 고유한 시어들을 찾아 떠도는 작업일 것이다. 자칫 극단적인 의미 부여를 초래할지 모를 사물의 삶과 마음 한 구석에 앙금을 남길 수도 있을 극한의 현실 인내와 달리, 자연은 시적 상상력이 무한하게 드넓어질 수 있는 광활한 시공간이다.

궁극에 시인은 자연의 순수성과 아포리즘적 주체를 시적 대안으로 제시하는 듯하다. 일상과 탈일상의 경계를 조심조심 아우르며 자연의 세계로 발걸음을 딛고 있다. 한 권의 날 선 참회록과 같은 〈소리가 있다〉는 그 '자성과 긍정의 소리'를 스스로 계속 촉구한다. 매사에 "살아 있음"과 "먹을 것 있음"과 "편안히 잠잘 수 있음", 그리고 "가족"과 "생각할 수 있는 시간 있음"을 그저 "감사하기"(〈감사하기〉) 위해 시어들을 찾아 떠돈다.

산다는 것은

울퉁불퉁 거친 그 길을

달래고 어르면서 가는 거라는 걸 아는 지금은

새털구름만큼 가벼워진 걸음으로

다시 길을 나선다.

– 〈곡선 인생〉 부분

문학과의식 시선집 146

이정숙 시집

소리가 있다

발행일   2021년 5월 7일

지은이   이정숙
펴낸이   안혜숙
디자인   임정호

펴낸곳   문학의식사
등록   1992년 8월 8일
등록번호   785-03-01116
주소   우 23028 인천시 강화군 강화읍 시미리로 313번길 34 삼원아트빌 402호
           우 04555 서울 중구 수표로6길 25(충무로3가 25-12) 501호(서울 사무소)
전화   02. 582. 3696 / 032. 933. 3696
이메일   hwaseo582@hanmail.net

값 10,000 원
ISBN 979-11-90121-25-5